残垣

（藏族）那若／著
（藏族）切蒋／译

作家出版社

中国少数民族文学发展工程·翻译出版扶持专项（民译汉）

目录

第二辑　拉萨耳环

第三辑　残垣

第一辑

很早很早以前

红润的珊瑚珠子，弥久如新的模样很可爱
那是众生为母禅定的心境
巴基斯坦的战役，爱尔兰的灾荒
一枝草木被折的末端，一只离群雌雁的伤叹
所有的一切，置于十五三十初八的帆船
驶向人间丰收的祥瑞，此时
三界之大，都不曾有
一根细针所贴附悲伤的补丁。

在寺庙与村庄间莳花

在寺庙与村庄间
一粒微尘经受忧苦
我都莫名畏怯

在寺庙与村庄间种植花朵
不为持戒僧伽瓶口的纹路
不为窈窕淑女辫子的佩饰
只为路途的沟壑有所留恋

种植这花朵，无论我多么苦痛
种了一定会长好的勇气
长了一定会烂漫的自信
我依然能够种植很多年

啊！我的远亲近邻们啊
让我尽情种植花朵吧！

2011年7月

很早很早以前

——写给我的生母

开 篇

我的母亲名叫更桑卓玛，出生于夕昌村
行年六十岁，是十六余亩地的主人
会诵读《皈依经》和《慈悲颂》，也会唱几首民歌
喜欢每天清晨煨桑，此外
不懂得雅砻河谷有位国王称作聂赤赞布
不懂得阿拉伯地区盛产石油
也不懂得什么叫人民代表大会
还有，什么叫民主与科学，更是无从知晓
正因如此，我称她为人类学家
这首诗的根本含义也在于此

一、很早很早以前

黑夜的帷幕在天窗亮光光开启
我们兄妹六个蜷曲在母亲的左右
聆听很早很早以前的传说
“曾经，在某个地方有两位弟兄

当初的贫寒以及后来的勤劳
终究过上幸福的生活。”
每当故事结尾时
石头的寂寞、草木的寒战
山脉的忧伤、天国的云梯
经纬的距离、邻家的忧愁
所有的一切
随无数个夜晚飘逝在远方的远方

每当天空发白
石头的滋润、草木的亲近
山脉的绵延、天国的精进
经纬的因缘、邻家的笑声
把我从梦境中唤醒

上建寺庙的恩泽
下驻撒拉的缘由
洁净的古语结出些许词汇的果实——
通宝神山、拉日姑娘、小鸟弟弟
六字真言、阎王老爷、安拉霍克拜
日光拉萨、释迦牟尼、麦子的惊恐
持地始祖、木犁、毛主席，还有青稞

如今回想，古董与时间
历史与主义，山的彼岸与典籍
无法比拟母亲悦耳的声音

甚或，敦煌古藏文字母“ཉ”
较她都显得苍白无力
因此，神话的绚烂、雍仲的利齿
菩萨行的种资、戒律的疆场
都是“很早很早以前”所蕴含的圆满功德
成就了开启一切内外的智慧母本

粮仓空旷时不起一丝哀伤
粮仓堆满时却心生一点忧虑
她就是更桑卓玛

二、众生为母

红润的珊瑚珠子，弥久如新的模样很可爱
那是众生为母禅定的心境
巴基斯坦的战役，爱尔兰的灾荒
一枝草木被折的末端，一只离群雌雁的伤叹
所有的一切，置于十五三十初八的帆船
驶向人间丰收的祥瑞，此时
三界之大，都不曾有
一根细针所贴附悲伤的补丁

裸露在村庄巷道的石块
隐藏在时间深处，因此
谁跌倒在地都不会受到重伤
那是，献给阿非日喀的一片叶子

与一滴有缘露水的礼物——
科学的望远镜所不及的
战争的谋略所不测的
更桑卓玛的情怀、财宝

“为了众生为母的利益，唵嘛呢叭咪吽！”
这个从心底生起，从语中结果的供品
权作献给天下有情众生的一碗糌汤

三、未曾唱过的歌

“我们合在一起，
我们再次合起，
合在白色氆氇，
合成经线纬线。”

四、吉祥结语

佛祖的显密
三宝的预言
耶稣的经典
——向众生送福的最好次第

母亲常把所有吉祥的初愿念向天空
只为与公元前最陈旧的时间的约定
那是——

一种高度

一种幻化

一种仪轨

只见灶台不见大山

只经锅边不去原野

正因如此，尝不完的是更桑卓玛

写不尽的也是更桑卓玛。

2011 年 6 月

故乡循化

从出生起
借与时间赛跑的理由
从未瞟过您一眼
为了天堂一样的某种符号
抛洒在浪潮涌动的每一份心情
从未在您身旁静思片刻

想一想，从未梗阻在时间喉咙的
二十年光阴的桃子
切实感觉一切与自己渐行渐远
投生到人间，除了守护自己的时间
很多心机也应当一生的负重

如今
看见炊烟缭绕的须臾瞬间
想遇见您在小路弯弯的角落
看见冬日盛开的烂漫花朵
想遇见您在春色满园的驿站
在受尽万劫的无常世间，历经千锤百炼

如今该安享喜悦的时刻，却不甘一丝懈怠的人生啊
我连一抹微笑都吝于献给您
在记忆器皿中漫溢的您，依然
亏欠您很多很多
此情此景，任我这把骨头粉碎也枉然

从这里，想起遥远再遥远的
操着古藏语的乡亲们
想起附着在他们骨子里的土地
还有，河流与山川，寺庙与拉则
若不是存在着的每一个实物
正在渐老的我，怎能拧结心脏所有血管
系向心间的天绳呢

从历史的季节中飘散的缘故
您不曾拥有雪山、草甸
但无论如何
您还是历史的循化，我的故乡
从地头滤清生活点滴
从山间吸吮庄严大片
艰辛托起时间
与我的生命顺利衔接
那是舌尖将会成熟的言语

现在，在上部宝瓶山麓
我和萤火虫二者

凝视着拴在拉萨河浪花上的朵朵闪光

在寂静的这个渡口

向您的方向寄送什么……

2007 年 6 月

呈 文

故乡，不曾出现在政府公文中的那个名字
或，与历史的花朵相别久远的那只蜜蜂
自始至终，把麦子的艳丽与丰收
在忧患与时间的院落高高托举
献给政府的账册
一切的谎言、偷窃、逃税，或装作糊涂——
都是安分守己的乡亲们
最为可爱的造作的宽度
因此，我祝愿富足的人们扎西德勒
穷困的人们越来越穷
同样记录于我的报告中。

2008 年 4 月

写给母亲

摇曳在灶眼火光的影子
盛满瓢中饮用时
劳作的血汗
浸透在科学的旱地。

2010 年 9 月

福

在破旧屋顶上
有座白色粉刷的煨桑小台
藏历十五、三十、初八时
这户农家的主人
背负很多人的祈愿与信心爬上屋顶
用掺和在糌粑的心中粉末
用合流在牛奶的心中颜色
向圣灵祭拜
与四方有为搭建金色桥梁

去年初春
技术人员到达这户人家
留下一段电话线路
线端缠绕在顶梁，永久驻足
与其他物件逐步熟稔的因缘
这部小小座机
完全融入主人心间
从此，这户人家开启了
一种美丽的仓促

每一天
黄昏的胸襟尚未贴附在岩山
这户人家的牲畜陆续垂着头
或触碰或顶撞主人家的大门等候
当主人看见家畜们
把青草吃在山间
把肥壮带到家中的模样
由衷喜悦的每粒笑珠
自上院滚落下院

屋檐下的灰色背篓、破旧镬头
还有穷尽光芒的铁锹
它们托举这户人家多年
依然，与主人一起
拥抱黑土胸间耸立的金色麦穗
征战生活的荒野

生活的三十六味
是所有家人的一颗颗心结
这颗心结，若手心会轻轻解开
把大地当作床垫睡
把河流当作奶茶喝，依旧很幸福
……

2006 年 2 月

母亲与她的生活哲学

这户沧桑人家，以此不能断续袅袅桑烟
那是多么深邃的教语
这户依存小家，依然柱子模样婷婷矗立
那是多么宽广的胸襟
历史与文明，还有谓之科学的词语中心
因驻着她的柔软的生硬的骨头，有时候
就凭这一点，我没必要向你贫嘴

“但愿丰收，再丰收
上印度的丰收聚此地
下汉地的硕果结今天
白青稞饱满如白蝌蚪
紫青稞丰腴如黑蝌蚪
麦粒大如鸽子般。”

这几天
她和老伴一起
尾随耕牛，把种子与希望
非常谨慎地播撒在这片黑土的护盒中

同时，留守老人和孩童的未来
一起背负到田间
拴向春天的天绳

“杂草死
杂草尽
死了杂草的父亲
尽了杂草的母亲
铲了杂草神爷的命
除了杂草幼崽的根。”

这几天
离村庄不远处
她低垂头颅，锄着燕麦与杂草
每一棵燕麦与杂草想象成
这辈子烙在心头的每一个不幸画面
把田埂地头塑成满目庄稼的明镜
甚至，当劳累喘息片刻间
眼中显现的依然是庄稼
与将生命依附在庄稼的漫长岁月

“手快，手再快
没人比我手快
没人比我手勤
像野马奔跑般
像雄鹰展翅般

不惊不怵吉祥田
七月的麦子，未熟仍要收割
今年好丰收，明年更上一层
但愿——
偌大粮仓容不下
汉地镰刀割不断
年迈老人饱口福
婴儿孩童喜洋洋。”

这一天，是照在她人生的金色季节
传说孕妇无暇生产孩子
老人不顾撒手人寰
在这火球燃烧、沸水闹腾般的秋忙时节
她使出藏汉刀法忙于秋收
于是，金色的山川
金色的麦穗
还有，金色的心愿
在她的田垄闪烁为同一道光亮

脱壳的每一粒谷子
像撒娇的婴儿一般
熟睡在这般金黄季节的襁褓中
此时，秋风凉爽起
另一种温暖执意地等待着
她的美丽冬景
啊！啊！

三界之广阔场地

与时间征战的他们

是多么的美丽自在呀

……

她，以自己该有的绰绰舞姿

与最简单的道理早碰晚撞

抢过抑或正在夺取时间的部分

从中，部分摊给自己维系的劳动

部分储存在心灵休憩的禅定宝盒

又部分

掺杂在“柔软花串”中

衷心希望，在山的彼岸

在山的此岸，下起吉祥花雨

何止是这些

又如今

被生活压迫、抚养的这个村庄

她轻轻贴附从桶沿绽放的水花

无数次敲醒挂在邻家门锁的宁静

被土水火风不断搓揉的双手

慢慢推开这户人家的大门

像是开启了自己在内的很多人

以及生活在世间水深火热中的

骄傲的大门

因此，至于我们全家

每天早晨大门开启时
总有宫殿城门开启的庄严
总比经堂大门开启更精彩
还有
把青春放在背篓去集体劳动
或，把青春系在绳子上去野外砍柴
谁敢断言：无不都是科学的清晰的素描呢

与黄昏的旋律一起
把黑暗的世界唾弃在门窗外面
在灯火下
紧贴在像鸡蛋一样的孩童们的梦境
为生活的遥远，精进储存一种力气时
向痛苦与幸福不断靠近的那只飞蛾
不知是沉醉在世间人类的美丽
笑且热泪滚滚
愁且笑声朗朗
把小小生命放置在痛并快乐的窗外。

2006 年 5 月

在北京，悼念舅舅

在这棵硕果累累的枝头
您止于病魔，熟透了
知晓死亡原本是一粒种子
您滴落在土中
您渗透在水里
您熔化在火中
您飘逝在风里
我们的佛陀，也曾显现在这般过程的“美镜”中
因此，您走过的因缘乃是美丽的空性
您来时的召唤乃是自得的存在
如今，我开始思念您
是一件贻笑的事情
我开始谈论您
也只是一种消磨时间的方式

从今天开始
您空于自己的肉身
也模糊于我的意识
于是，我不用按世间习俗为您哭泣

更不用为自己积累心机劳苦
我依然
高高兴兴地
勤勤恳恳地
滤清生活的金粉
听见了吗？这一生的舅舅

这几天
在亲情的串珠间，以朴素美丽着的很多家人
通过电话、书信
在您逝去的彩虹挂起惆怅与哀思
但对于我这个儿孙，那是一件不情愿的事情
或是，对我晶球般的生活带来些许损坏的模样
我拿您来作个比喻
又给自己出个主意
您的超越是一件陶瓷摔落在地的须臾间
因此，我竟然忘记了所谓的关怀与烦恼

我，手捧生活的饭碗如此美丽
我，爬梳尘世的绒毛如此殊胜
我想，这就是追念您的一种伟大的方式

四十九个日夜过后
您依仗土水火风的慈悲与爱恋
重新拥抱生命的圆环
这三千大界

原是温暖吉祥的家园
尤为这雪域藏地
是心灵回归的柔软寓所
您，从地之界光临
从水之界光临
从火之界光临
从风之界光临

所有的一切都那么简练
去年的那一天
一片树叶落地似的阿姨措毛的魂灵
今年，是在本村巷道嬉闹玩耍的孩童旦正
春天，我俩一起在您家屋檐上种植的一岁花
今天，是包裹在这纸片中的坚硬果实
若缘起圆满
您，向着故乡夕昌奔来
若善根坚牢
您，向着江萨部落飞来。

2004 年 11 月

今年，化肥涨价了

父亲，未拨打不知方向的远方的电话前
对于儿子健康和学习的问候
渗入祈愿的丸子，从舌根快要滚落

公历 2009 年 3 月 9 日晌午
至于我，是一位慈悲的父亲
至于蕃，是一位普通的农民
他的电话响起在北京的某个小屋

“丁零零，丁零零……”
一位老师的……
一位同学的……
或是一位姑娘的……

“喂！扎西德勒！找谁？”
“我是阿爸。”声音有些洪亮
“嗯嗯……”

最是熟稔儿子的音色

最是熟稔儿子的言行
并非是感恩戴德的老师
并非是兴趣相投的朋友
亦非是兄弟姐妹和相濡以沫的妻子
那便是，创造各种大小生命的主人
第一次记录呱呱坠地的父母亲

“万德！万德他正在修行大威德。”
“3 月 15 日正式开关。烧施需要 50 斤酥油，800 多斤粮食。”
“为这些，我准备前往拉卜楞寺。”

不久之后，父亲启程拉卜楞寺
需购买酥油、粮食
在回程的班车上
司机他哪里知道，永远不会知道——
父亲托着连自己都难以察觉的
无碍无触的一种力量，一种精神与信仰

“哥哥！哥哥两口子今年在果洛。”
“挖虫草不是件好事，如今的人们怎么劝诫也无济于事。
但是，去挖虫草的不止他们俩。”

最近两年
觊觎果洛的虫草者
比朝思暮想着地下黑金的还要多
因此，来自四面八方的脚印

任意踢溅着青草的露珠
这些，超乎我写诗的灵感

“你姐姐生有一男孩，因早产而显得羸弱，
但现在长开了，下巴肉都有两层，
非常可爱。”
“起名久西杰。”

在人间创造一条生命
那是天底下最值得高兴的事
久西杰与好多的久西杰们
为守护人间的美丽而艰难地降临

“过几天春耕就要开始了。”
“我今天买化肥来了。”
“今年，化肥涨价了。”

为了大大小小的胃口
想必，很多家长在县城某个角落喃喃自语着
为了守护美丽
很多农民是否把化肥的价格铭记在心底

“只要健康就好，再见！”
“再见！”

当父亲在初春拨打的电话挂断时

故乡的阳光
依然，金灿灿
照耀并渗透在故乡的山沟，我想。

2005年4月

怀念因麻风病而故去的一位同村人

依稀　你像一部电影
以光与影的形象出现
村委会便拆了你的房屋
收回了你的麦田

你的村庄依旧很美丽
你曾说过——
躲着寺庙唱情歌
对着麦子说瞎话
那时的心情充满人世间最大的幸福
不管怎样，就这片山谷而言
光阴在因缘中流逝
因此，想你是件沉重的负担
谁也没有闲暇去想你

我呀，独自撑不起你美丽的真谛
而惊讶于人类易碎的时间。

2007年3月

佛门开启（组诗）

銮铃的意义，再次
在经堂屋檐下，挂上了阳光的线条
在心灵与双手搀扶的
庄稼的核心里
草木的骨头中
水石的血脉间
由袈裟赐予的一种触觉
与泪水合流
湿润了意识的早前。

故乡的马路

运载矿石的车流
剐蹭着庄稼的胃脏，日夜繁忙
科学的远行
滞留在奶牛眼前的嫩草尖
在马路边，一位老僧
自己隐蔽着自己
从村庄返回寺庙。

列席一次村会

如今
有些人家从不参加集体劳动
且独自放牧家畜
献供寺庙的油饼也很粗糙
还有，村里的巷道越发窄小——
如此悉数
随后，村长和各位村民
赶着模棱两可的逻辑
回到各自的家门。

迁移到果洛的五位村民

在果洛
有年迈的爷爷奶奶
有佛塔与寺庙
每当寒冷刺骨方可拿皮袄抵御
每当病魔折腾方可抓药方治愈
肉眼所及的也是果洛唯一的时间
所以，不必担心你们。

乐丹舅舅的政治意识

1958 年那年

毁坏我在内的这户全家
不能错怪任何村民
那是政策所迫的
——这句话
我永生难忘。

班玛嘉措的认错书

乡政府领导
为了这小小胃口
难保自身的情况常有发生
所以，自生下来
偷窃过
妄语过
请多多包涵!

汉人严斌一家

冰雪年代
汉人严斌一家
失去生活温暖的当口
来到这个村庄
他家屋顶的经幡
在理论熟视无睹的时候
升起并飘摇。

2007 年 1 月

想念在西宁的几位友人

在古城西宁
我有几位肝胆相照的朋友
曾经，我处在生活的阴冷面时
他们藏匿在我的周遭
轻轻把阳光倾泻在我的心田
我的那些朋友的母亲们
把聪慧谨严的他们
身心赤裸裸地带到这人世间
像是放置了一件件光鲜亮丽的物品
他们，淬炼钢丝般的青春
与其他并无用处、且体积很大的
质量低下、垢污杂多的物件顶撞
给时间和生活制造了些许震颤
我思念着的那些朋友
是广阔原野上蠕动的一帮路人
他们懂得子承父业
并不是生理成熟就能做到的道理
所以，看着今天的天气穿衣裳
估着路途的长短备盘缠

啊！金子般的他们

是的，饮食一小勺糌粑
加上一碗牛奶的他们
是定居在宗喀山麓的一群农民
他们重新耕耘
杂草丛生的田间
暴风肆虐的地头
期待迎接丰收的秋天
他们讲
农民的苦衷由农民自己担待
农民的幸福同样由农民自己享用

今夜，从高原漂泊到内地的我
在北京某座高楼上
想念远方的那些朋友
想念我亲爱的他们
像是在某一夜晚
光芒缠绕的一颗流星
从东亚细亚的一座山冈
穿破高原的天窗，划亮黑夜一般。

2004年10月

小妹子

小妹子
是一朵鲜花的本生
是一株珊瑚的命运
小妹子
自站立行走起
白云她躲在远处
彩虹她悄悄斑斓
从此，半个日记
飘落在小妹子的脊背
孤行的月亮
深陷在小妹子的世界
就这样，很多的小妹子
打湿了会场的脸面
买走了所有歌手的唱词。

1997 年 3 月

侄子旺青

这猴年过完
侄子旺青就要上小学三年级
在十年之前
他的父母带他到人间
给高原播撒了希望的种子
给蕃域安排了祥瑞的吉兆

侄子旺青
像瓷碗一样需要轻轻搀扶的岁月
年轻的母亲决然断奶
便远离了他
从此，像母乳般的他的心灵
生起模糊的酸楚

如经纬交织的生活中
侄子旺青渐渐拥有了继母与妹妹
同龄与玩伴
但是，他们谁也无法替代
侄子旺青的生母，以及

那位母亲造成的罪恶的风沙
哪怕天神地祇降临也无法禳灾

最近两年
侄子旺青背负着岁月
在村庄与学校间活蹦乱跳
那黄色的布鞋和褴褛的裤子
像一幅印象派的画作
在时间的纸页上夺目

这几天
侄子旺青与初升的太阳一起
背上因理想而负重的书包
走在上学的路上
像是追赶着伸向远方的坦途

侄子旺青，从学校回到家
天边的彩云，也像他的理想般非常耀眼
小小的他
拥有大大的志向
尊严、傲气，也与他形影相随

为了侄子旺青
我多次与家人通话
他的父亲讲
侄子旺青不知继续穿戴他的俗衣

还是有朝一日裹覆袈裟为僧
不管佺子旺青穿上何种衣裳
在将来的某一天
在穿戴任何衣裳的任何角落
祈愿满地金光灿烂。

2005 年 3 月

心 思

惆怅因天空依旧不知拂晓
那是为了我的劳作更加有价值
欢乐因无法忘却那束光芒
那是为了我的远方更加斑斓
像这美丽的补遗般的很多问候
带着幸福向我走来
带着信心向我走来

在无比幸福的时候
我，与医院相隔千里的尘世当中
真的疯狂了起来
曾归咎于病痛、生活、雪山、草原，还有耕地
如今忏悔这所有的一切
走着，一种洁净的困苦
拾作青春的烦闷
想向时间的面颊上
错误地抓挠一番。

2009 年 5 月

补 丁

母亲，用一块小布
缝补孩儿的裤子
孩儿充满温暖在滑冰
那块小布上
沾满了早春的湿润

花儿，派送一枚叶片
裹覆了大地的孤寂
于是，寒冬僵硬的丫枝上
生长着团圆的、湿润的补丁

时间把很多很多的布块
钉补在人生的窟窿中
层层补丁的内核
是早于泪水前堆满的笑容。

2008 年 5 月

第二辑

拉萨耳环

如今，自缢在晚霞的哀思早已散落
若月儿轻弹的灵魂的乐曲
是搭建在明日河流的健康的桥梁
那么！拉萨耳环，为了你
层层妒忌的陷阱
不惜设置在我身心的原野。

顶 转

那位士兵呼出的气息中
春天又一次复活
未想起春耕之前
诵念《心想速成经》的那位老者
赐给我种子与湿润的因缘
还有，像他那耙土似的背影
让我想起一种丰收的景象

现在是冬季，很多人
穿着新衣服抵御旧寒冷
渗透在石板上的脚印，隐约蠕动
被微风吹熟的转经筒的花蕊
在宫殿下熠熠生辉

我在沉默中
畅饮一碗甜茶
温热了这个冬季
远谒屋檐下外露的“风叉”
又往红柳墙面垂落的皮绳寄送心机

随后，与自己一起

前往朝拜。

2013 年 11 月

我的城墙

垒砌我城墙的——
钢筋般的骨头
水泥似的骨髓
还有，无影无踪的族群的习性

恨我痛我城墙的行者
你来自何方
又将去何地
阳光对你失去温暖
因为你的主观黑暗苍白
寒风对你无情肆意
因为你的醒悟低人一等

后来
再也见不到那位行者的踪迹
他的身影总让我泪流满面。

2011 年 6 月

写给拉萨林廓路上的一位老妇人

看着缓慢的步履
像从一位病人的枕边
正在回家的路上

微风瑟瑟去无踪
那是您衣襟落下的影子
路边的假花
踊跃在您刹那合目的觉悟中

想想您白发脱落的样子
时间，从您的心境中升腾
似抖落着我的诗行

您的每一步，不断收紧天绳
在未来的某一时刻
收紧了的天绳
伸向何方都会断绝
断绝后的此岸
再次，可以认作所谓故乡的那个宗教

因此，早晨的布达拉和大昭寺
所有的所有
像您长袍上浑浑噩噩的花图

潺潺流水逼仄着的
不是河床的石头
而是石头召唤的挥手
老妇人呀！您都看见了吗？

2009 年 10 月

写给卡哇噶布

这几年
穿越词语的津渡遁逃过
戳破时间的窟窿躲避过
在湖水中写过草书
在山崖上凿刻标点
在小费茶馆，等待寻回拉萨的耳环

在八廓路的脸面
在林廓路的背影
拥挤了我灵魂在内的一切
在此，我渴望拾回拉萨耳环的野心
使你启程香格里拉的那天
未能作一个简短的告别

有时候，我独自去往酒吧
广布找寻拉萨耳环的启示
有些酒保少女话语的光芒
在我回家的路上
显现为黎明的昭示

因此，找回拉萨的耳环
我时而充满信心

今天，我在林廓买些蔬菜回家
寒风猎猎，天气渐冷
人们厚重冬衣的温暖
像你一样在远方。

2010 年 10 月

《新编藏文字典》中的拉萨

森林失火之后
白云
像一沓纸的灰烬
吹口气都将散落的模样

从此，拉萨像一副挂物件的横档
以八百六十三页的禁行姿态
光阴荏苒无数载

“拉萨，我国西藏自治区
革命委员会所在地城市名。”
——两句注解
那么闪烁、灿烂、雄伟。

2009 年 10 月

在卫地遇见达赞布

在酒吧的墙壁上
被月光洗濯的思绪，不停地摇曳
侍酒女的谄谀，绽放成一朵鲜花

用与死亡有关的一首诗
给今夜的拉萨戴上一只耳环
将会多么美丽
达赞布，将会多么称意

淅淅沥沥正在滴落的雨水
润濡了你不曾张口就说出的话语
被酒杯托起的空间
似贴附在你时间上的一块补丁
……

闷伯他烦闷地诉说一句
那若我深沉地叹息一口
请把这一切，在回安多的火车上统统抛弃

来到卫地
请带回卫地清晨的时间
请带回卫地午后的心情
请带回卫地久远的习气
现在，把纯真的卫地带回安多的
已经很少很少

我未向你道别的原因也在于此。

2009 年 8 月

青稞酒

——写给诗人仲

侍酒女郎叶西措杰的酒吧不在了
白青稞堆积如山的威严不见了
从青稞酒流淌的纯净的旋律也消失了
再也见不到那种畅饮释怀的美好时光

只有我内心的渡口
在拉萨耳环失落处
独自孤零。

2011 年 3 月

在拉萨想念江瀑

白云和雨水
是堆积在时间内核的污垢
无法刺穿骨子深处的这缕阳光
像漂浮在您杯沿上的蒸汽一样

拉萨河，从岁月一隅流淌
岸畔的石头像眼镜，虽擦拭无数
但波涛的时间
暴涨的时间，等等
依然是花朵无法带走的记忆
因此，如今抛洒在拉萨河的种种勇气
像烟草无法黑尽的这片肺叶一样

朗玛厅
像一部书
书中的每一行字
像暴雨驱赶的粪蛋
因此，您在某个角落
吸弃手中的半截烟

遥望人生的谷地

所谓拉萨的这个名字的生世
虽然是您带走的那方诗歌的世界
但，酒精和黑夜燃烧的灯光
无法清净月光扰乱的垃圾
因此，我的手帕一样的拉萨日记
自缢在国家的干部时间

自缢之后
挂在腰间的钥匙的锋芒
渐渐被磨损
因此，思念江瀑的忡促
像一部厚书的封面
……

2008 年 10 月

拉萨耳环

从秋天跌落在冬天的，我的沙漠般的忧愁
欲从冬天跨越到春天的，我的贪欲般的美丽
遗落在吉雪涧水深处的，光荣的石头
思想的眼界般的冰雪的天空
啊！像钉子一样的触感中心
你是多么美丽
是谁的梦想正在佩戴的拉萨耳环呀
战争岁月般的遥远的荣耀已殆尽
虚幻般的连词的逻辑已混乱
拥抱雪花飞舞的寒风的依托已衰老
润化在雨中的季节的齿轮已散架
啊！缘聚的空间完全截断的这片疆域
你是多么美丽
从刀光剑影中攫取的拉萨耳环
从历史深处托举的拉萨耳环

从无到有的当初的耳环
是人类开创的耳环
从有到美的其次的耳环

是人类智慧的耳环
最后，断除串线的耳环
也是人类经验的耳环
但是，拉萨的月光正在擦亮的耳环
时常摇曳在记忆深处，不断闪现
是钉补在我人生窟窿的结晶
从这结晶中
看见，我的时间串起了泪水的链条
看见，我的梦境抡上了缘起的圆环
啊！镶嵌了人性光芒的软绵的拉萨耳环
美丽了宗教殊胜的慈祥的拉萨耳环

拉萨早晨的这个时间，以及它的模样
是我们找回的可爱的时间
拉萨午后的心情，以及它的隐喻
是我们淬炼为常的坚牢的心性
如今，自缢在晚霞的哀思早已散落
若月儿轻弹的灵魂的乐曲
是搭建在明日河流的健康的桥梁
那么！拉萨耳环，为了你
千万条妒忌的网罟
无怨无悔，铺展在我的身心的原野

曾经，经文中可爱至极的词语
渗透在天边群星背托的光芒里
骨髓中润泽华丽的油脂

扎根在大地温润的潮湿中
啊！从拉萨耳环的窟窿里升腾的利他的阳光
积聚你所有美丽的大乐轮
盘绕在时间万物的串联中
因此，你和我的，连绵起伏的山川、水流、木林
都不是献给人间悲苦的福慧的征候吗

现如今，瘟疫与灾荒，战争
以美丽的名义嵌入
并生长在我们贪欲的钩尖上
慈悲与宽容，自由
以正义面孔扑向
并伸张在我们的心性之外
因此，在人世间，如若——
人类智慧的锋芒光亮
大地坚牢的不朽誓言
林木耿直的优良品质
水流温润的无限悲悯
不像太阳一样每日升起
我的拉萨耳环忧心忡忡
将坠落在孤寂的深渊

啊！悲剧般的拉萨耳环
时间是弥缝于你的苦痛的补丁
啊！笑容般的拉萨耳环
时间是从属于你的幸福的亲家

张口就忧愁的拉萨耳环呀

我遥远的余孽

遗弃但留恋的拉萨耳环呀

我灵魂的唯一

啊！拉萨耳环

我的拉萨耳环

人类的拉萨耳环！

2009 年 10 月作

2013 年 11 月定

问羌玛（侍酒女郎）囊萨

羌玛囊萨：酒客的豌豆花是否还在
羌玛囊萨：咕噜噜畅饮者是否还很多
羌玛囊萨：说唱艺人的语气中是否充满着忧愁
羌玛囊萨：挂起感受的横档是否已锲牢
羌玛囊萨：墙壁上的灵魂是否方苏醒
羌玛囊萨：芳香垒砌的住所是否还温馨
羌玛囊萨：从窗棂是否眺望过外面的街巷
羌玛囊萨：瓢勺里的心灵是否还洁净
羌玛囊萨：经文中是否喧嚣依旧
羌玛囊萨：深夜的支架上是否跳动着远方
羌玛囊萨：有人是否还在叙话拉萨耳环。

2013 年 11 月

拉萨地图

八廓像茎秆
泽廓像枝叶
林廓像叶片
时间像花朵
经友像花蕊。

2011 年 5 月

拜谒色拉金刚橛

人群的河流，从色拉金刚橛的左方流向右方
河水的上游与下游正在合流
继而，正在与拉萨城形成一条江水

娘热路上执勤的警察士兵
与色拉金刚橛毫无关联

我正在从某个医院回家的路上
病历上的那个汉字草写
与我的生命本真毫无关联
也与色拉金刚橛毫无关联

在何地，在何时
眼见人流的长河
我感觉自己很富足。

2011 年 11 月

拉萨暮色

花的辫子，被庭外的悬壁错乱
一片云朵执着太阳的梳子
梳理了大地的长发，划开了我的天空

窗外的遥远，被窗户的高度切断
日落的疆场上
正在归家的一阵清风
解开时间的线球，开始玩耍

一片夕阳红
洒落于大昭寺的华盖
我，等待深夜般的来生
把月亮的头绳拴向拉萨的暮色。

2009 年 8 月

拉萨河

从今天起
我站立在您的渡口
不敢瞟一眼洒落在您宽仁的光芒
无暇瞅一眸沐浴在您滋润的石头
我也要欺瞒几个时间
享用甜茶，吐出与生活有关的话语
补遗周遭的档案

为了不打乱——
照在您岁月模糊的那个天空
恋在您的巍峨宫殿的那种隐喻
请您从我的屋旁像细水一样流淌
假如我的心力给予您
也不会因为您
只因痛苦而已

无论如何，我应该念您
只因所谓故乡的那个宗教。

2008 年 3 月

我与拉萨

每一座石房与经幡
像一个个辞藻未凿雕的木刻印版
在所有墙壁与街巷
飘动着大歌平息的寂静
经院的石板深处
一种收割的情景
被经友的身影曳引

有一天
我的语法完全失能
再也不敢亲近您
请您，钢丝般的修饰
寄成我的信函

啊！拉萨。

2014 年 3 月

宝瓶山

白昼站如迎晨曦
夜间斗与黑幕帘
形似宝瓶温巴山
七载人生看您逝

您是山峰定睛望
您是传说细心听
您是寓意再三探
近又近哟远又远

时空广阔资粮田
我的居所刻成画
您的誓愿磐若石
我又离别往何处

偶尔心声脱落时
泪湿万千您在尝
偶尔云朵腾空时
希望之窗我在开

眼神缠绵向何方
孩儿情意怀中抱
很多相似挂您身
心中含义自知晓

青草甲胄未枯衰
干草发辫不由风
拉萨河底隐秘钟
苦苦守候千秋功。

2013 年 3 月

拉萨秋色

秤盘中
蔬菜和水果
与高价一起
灌满我的塑料袋
此时，拉萨的秋色
快要消失在商贩的笑容中

马路右边
一位老阿妈
出售着自家地里成熟的土豆
裹覆泥土芳香的土豆的美丽
装满心中的窑洞
想留给今年冬季

泽廓路上
穿厚衣服的人
越来越多
那些衣服的温暖
是泽廓路的静谧

与拉萨秋色的记忆

关紧这两层窗帘
拉萨的秋色
与窗外一起
遗弃在窗外。

2007 年 9 月

拉萨河畔

拉萨河骨子里外露的时间的半个
在暮色黑影的支架上微微颤抖
河边嶙峋屹立的石头
却成为浪花涌动的舞伴
每一个傍晚
舞动今天，情往明天
看了又看，看见——
曾经，从歌声里斩浪前行的船夫
在鳞波熠熠中幸福的模样
冲洗袍子的年轻的姑娘
她那为情缘而种的戒指花
还有，浪拍向彼岸，心却漂回此岸的
那位歌手的背影
再看，还看见——
放风筝的孩童们
向天空描绘一幅壁画
颜料从心底调配
画笔从眼光闪烁
向上，再向上

这样，在拉萨河畔

我烤着火堆取暖

——依然寒风猎猎

——寒风猎猎。

2013 年 8 月

寻找拉萨耳环的布告

想给杯酒插上翅膀的人们
成为补丁夜色的匠人
电杆的黑影，穿进马路的针眼
缝合褴褛的步伐
摸索铁门窟窿的风
把连同钥匙一起吹向外面
门一敲，邻居便熄了灯
黑夜成为镜子的一部分
现在，虽有可看的风景
但没有可去的地方
因此，寻找拉萨耳环的布告
当作心灵的遮物。

2013年11月

敲墙

转经路上，生锈的时间的长流
悬挂在房顶的经幡时
拉萨的天空，误以为是绷伸的擦绣的
那个蓝色思想
再也没能敲响任何家门

白墙、门牌、华盖
像一颗颗钉子
悬在那些钉子上的时间
像一座座断崖
正在向我崩塌
我，依然没能敲响一扇门
从窗户溢流的那束柔弱灯光
像是在写一篇小说
创造了敲门招霉运的氛围
因此，我的手像错字一般
不见于公文的补遗
——还再敲门吗

思了又想
敲门不如敲墙
如果敲门，女仆会小跑出来
不问理由就悄然开门
如果敲墙，一种美丽的愤懑
不会重复，就一次性赏给我

那个美丽的愤懑
定是从宗教的缝隙中盛开的花朵
因此，敲门是一种清净
而敲墙则是一种品赏。

2007 年 11 月

今天的轮回

这座古城的颈项上
舔舐阳光的人是你、我、他
还有汽车、花朵、河流
以及时间

乡间赶来的一位老人叹惜着
连自酿的青稞酒都不如从前甘醇
索性把饥渴与酒瓶
从青藏高原
扔向另一个青藏高原

公交车的窗外
进入我眼帘的——
如同我正在遗忘的
和我正在爱慕着的一样

下班了
我踏入人生般的茶馆

把今天的劳顿

交给今天的美丽。

2008 年 2 月

前行

在蔬菜市场买菜时
发现蔬菜价格涨了一角几分钱
奔向冬天的这样一个早晨
在时间的镜面飘落着
冰霜的花朵与我生命的昨天
我和拉萨，都不是谁家的座上客
因此，这个冬天
只能用我俩的心骨送行

从住所窗户望去
看见宝瓶圣山
长在山上的青草，收尽眼底
青草正在由绿变黄
望着望着
再从黄色变成绿色
像诱惑的那个又像历史
像历史的那个又像诱惑

走过转经路，想起

小时候和父亲一起去寺庙
那时，虽然不能与父亲同步
但小小心灵紧跟着毡靴的脚印
此情此景，是我这一生抹不去的美丽

送友人到火车站回来
车站对面的哲蚌寺
再一次闯入我的眼帘
在拉萨生活的任何时候
我不愿看见比它更美丽的风景
——哲蚌寺和隐喻在哲蚌寺的一切

在古如桥头站立片刻
横穿拉萨河的流星般的那辆车
截断了我遥望的直线
如这弯弓身躯般的时间中
我思考过很多很多
但在今夜，收回散佚在风中的心绪
若说幸存一点温度就献给您——
容纳在我屋子的拉萨

在阳光落地处绽放的我家的这朵花
想起只有神明望见而人却无睹的情景
从秋天跌落冬天的
又从冬天过往春天的这个心思
与我屋旁流淌的拉萨河一样

也是一种痛苦的聚会

因此，我感到由衷的喜悦

喜悦为了痛苦尽头的幸福。

2007 年 2 月

这两天的天气

无法命名的一片云朵
拥抱了从窗户伸向的远方
早看晚见的宝瓶山
写在云雾中的史诗般
一直读不完

大风，大风
把树叶沙沙吹翻
我的心情再怎么表演
也无法从内演到外
但是，这两天的天气
为找寻拉萨耳环赐给我些许心力。

2012 年 7 月

午夜，回家

为了不丢弃钥匙而开启房门
或者，不弄错房门而拿着钥匙
在路上，我这样思考

这院落，所有住户已入睡
回家的路上
没有一丝照明前程的光亮

自家的光线无法照亮他家
同样，邻家的灯光没有照亮我
甚至，没有一户半开窗帘的人家

我与午夜争斗的序幕就此拉开。

2007 年 10 月

拉萨夜色

虽然，我足不出户有些时日
但，等待太阳被大山吞噬
也是一种态度

等待电杆被光线栽倒在地
人们像跳蚤一样四处散开时
我以为自己有了主人一般
把八廓的街巷刻在纸上
把堆协的榫头插入堆协的榫眼
然后，感谢一切从窗户与墙角显露的
每一位使者

夜晚如此度过
青稞美酒的甘饴从持家女的脸庞闻到
从星星的哨所与路途的隘道缓缓爬起
赏光线一个遥远的姿态，不是吗！

2013 年 10 月

第三辑

残垣

专注于一块石头有九种砌法的谨慎
在您的墙根浇筑的是
智慧最初的躁动与不安
对“嫩墙”如同婴孩一样的无比呵护
使一只野兽倔强的个性
在土石的缝隙中开始温顺。

雪 山

自缢在夜幕中坚牢的晨曦
在被月光湿润的时间中漂白

飘扬在荆棘头上的很多棉团
把我的冬季牧场编织成心灵的绸缎
狂风的汗流
被石头的先进烧毁。

2009 年 5 月

残 垣

黄牛和小狗，在您的疆域
排了一堆粪便
便浇灭了时间土匪的诡秘气焰
于是，被杂草的凄凉遮蔽的天空中
微风瑟瑟像一幅壁画，明亮而摇曳

专注于一块石头有九种砌法的谨慎
在您的墙根浇筑的是
智慧最初的躁动与不安
对“嫩墙”如同婴孩一样的无比呵护
使一只野兽倔强的个性
在土石的缝隙中开始温顺

我看见——
因你而起的一阵寒风，从远处
就那么疲惫
被骤雨遗忘的老旧虫穴中
外出觅食的一只虫子，再次
趾高气扬地钻出头来

——我怎么看
丝毫看不出您的任何丑态。

2011 年 3 月

在电脑中敲入藏文

每一个字
赶来每一个短点符的美丽
悬在季节边沿的青稞籽儿的芳华
像是依附在我的田垄，渐渐成熟
放大每一个字号
美化每一个颜色
此时，自缢在夜幕中的这个早晨
被月光洗净的黎明一样

有时候，在电脑中敲入藏文
像战争岁月的一串串泪珠
散落在雪域河山
此时，在字句落地的心灵方圆
筑起雪山、草原、羊群、牦牛
从心底唱起的一首悲歌
也像元音与足字一样
扎根在基字的深沉中

几处美丽的错字

虽认真改为正字

再次，眼前浮现那些错乱的字母

2008年5月

电线杆上的小鸟

如同我无法安居在尘世
你也没能栖息在森林

在又紧又牢的电杆枝头
人们的忙碌、劳顿、困苦
一簇簇一摞摞悬挂着
因此，糅合天绳的不是你
而是一种看法

自你飞离后
我应该向森林的方向张望
或是，继续专注于电线杆
啊！我的小鸟。

2011 年 5 月

洁净门

——听见一位姑娘在洗澡

姑娘啊，你也与我一样
打开这座城市的夜空
把心间的繁星放任于天际
明天，如母子断乳后的明天
像是我俩素未谋面的时间敌人一样
因此，所谓监狱外面的世界
如同今晚的别样夜景

如我所听到的，不是表象的
你沐浴的声音
定然是无端惊恐逃逸后的可怜回眸
今夜，这座城市的里里外外
只有被理论失宠的时间，独自熟睡

堵在我俩间的这座水泥墙
像是沿途的风景一样浅薄
宗教与伦理，今夜同样显得浅薄
我时而听到的是你
时而像是在听自己

水管中滴落的热水
为何伤叹成浇灌这夜田的冷水
只因石头般自由的意念，今夜
注定要涅槃于言语和空气对撞的蒸汽中
因此，距离是晾晒阴间美丽的一条缆绳

明天的时间
剥了皮的大蒜一样露出白光时
我俩也像在冬季里的水缸一样，需要裹覆保暖
姑娘啊，只有你那沐浴的声音
如同原始社会般沉寂，留存于这所宾馆。

2008 年 11 月

一位藏人的问答

那若，你饿吗？不饿
那若，你冷吗？不冷
那若，你开心吗？
去问荆棘的长矛与糌粑的甲胄吧

山顶都是眼
墙角全是耳
但是，你突兀的泪水
被六识滋润的你突兀的泪水
湮没了问答间的那座桥梁。

2011 年 12 月

吃饭的权利

向雅砻河谷的青稞穗子献唱的
轻轻微风
在拉萨的时间中编织腰带的
吉雪涧水
这些不善言谈不懂人意的家伙
像壁画的构思
像火红的珊瑚

在我的厨房的面粉与糌粑
像泡沫一般遗留在今生轮回的宫殿
从窗户望去
蔬菜的碧绿与土豆的美丽
像百姓无从购置的珍贵唐卡
当吃饭的权利都要皲裂时
我给图书与字母借用一块空地
想把神话与传说
镐头与铁锹
深藏在那里。

2011 年 3 月

正 念

我们的死亡，躲避着什么

你，从娘胎里分娩时
爸爸正在轻声地
向单位领导请假

爸爸抱你在怀中
从保健医院出门
伸向宝瓶山麓的那条马路
像电线影子射往的沟壑
可谓雪山与湖泊的习性
像被语言的色彩碾碎的渣滓
如今，失去你日晒的一块台地
与你的成长一起
飘落在荆棘枝头的棉团
也日渐泛黄。

2009 年 8 月

这天气，无雨且下雪

——献给诗人伊丹才让

因夯实词语的残垣而生起的错误中
尘埃往伤口恣意蔓延
写下雪花落地的剧本

向冰冷天空播撒的每个字母
投胎于每个正字，与雪石碑的话语熟稔
时间的嘴唇，从历史的冬天开启
从此，阿妈心授的民谣响彻大地

虽然，钢丝般的会议已经闭幕
但是，一次话语的停顿
把岁月无限拉长
等到自己谢世。

2009年10月

这惶恐的一年

——献玉树同胞

不久之后，夏天将会来临结古镇
淅淅沥沥的小雨也将会如期而至
那时，虽然格桑梅朵的梅朵
不再称为梅朵
但是，每一位逝者的可爱的面孔
就那样，从熟悉的山川中
将会多么陌生地显现

金灿灿的秋天亦将被时间带向远方
但是，牧人迁徙的路途中
看见一根根未熟透的草芽的脸廓
编造一个似是而非的谎言
又将怎能勒马回转驱散心中忧愁

雪啊雪，你像谁的正在回家的步履
从黑帐篷的天眼和火房的窗棂间
一袭白茫茫未落地之前
请消融在我的发愿和回向中

佛珠与串线的触觉
虽不能被词语带走
但这惶恐的一年，又能怎样度过
玉树！

2010 年 4 月

病房外

刺骨的西宁的寒风
为生命的大海绣织生死轮回
挂在窗格的酥油糌粑、肉块
构成一幅看见真理的破烂眼镜

看见弓背的早已站直
看见咳嗽的幻化成歌手
看见聚散离合都一种模样
此时此刻，病房就是天堂的孪生子

病房的所有性情
不能由这血肉之躯负重
此时此刻，盛下你的就是各种天窗。

2011 年 12 月

找寻世间形成歌谣的韵律

这方圆小屋能容下所有的一切
但洁净且简便的家具们
直至性空时，从未唱过一首悦耳的歌
在厨房，因为关紧了水龙头
结果无法懂得大海的自由
冰箱的蔬菜不曾有时间的仪式
连相似词都被染上了政治的色彩
我，怎能找寻世间形成歌谣的韵律

别离的哀号不真实
碗碎的声音失本性
微风瑟瑟也无道理
那么，世间形成歌谣的韵律藏匿何处

人们匆匆外出的脚步声
好像践踏着世间形成歌谣的韵律
我呀！一颗时轮坛城的沙砾
渗透在宗教的寂静中
依恋了世间形成的歌谣。

2011 年 6 月

等待中的前生今世

空气似的心境
不能裹覆失去你的岁月
像大地的美丽
也无法替代遗失的美丽

词语与话语
干瘪在石头之前
窗棂皲裂的玻璃中
显现的身影早已破碎
为因缘自缢的每一种感觉
是献给等待的每一次债务
千想百念的人生
是习气追索的长度
在来世等待的集市
我再次出售余业
将会感到幸福

比轮回长流更长的这思绪啊！

2007 年 1 月

看见一位姑娘在晒衣服

那位姑娘踮高脚后跟，在绳架上晒衣服
一样大小的两颗核桃，不以时不以地
成熟在紧凑刚硬的架子上
一时，为了答谢一缕微风带来温馨的触摸
我使两只蜜蜂翩跹
并书写了一封信件
塞进紫色衬衫边沿垂落的
一滴水珠的信封
后来，她的婀娜多姿的细腰把信封揭开
我的五位使者便融入了对镜的专注。

2013 年 5 月

或 许

或许，你跌落在一部电影中
或许，幕帘不曾放过你
或许，你未曾出生就在逃遁
或许，那谷地像麦子一样炒熟你
或许，不存在所谓的你
或许，是时候从宾馆出来
或许，要感谢无常
或许，还要排个长队。

2013 年 7 月

收成

半辈子拿着秤杆，神不知鬼不觉地赶往集市
半辈子提着秤砣，神不知鬼不觉地翻越山坡
赶呀走呀，等到把秤放下时
收成像树梢的弯月
近在眼前却远在天边。

2013 年 7 月

马 鞍

与马鞍有关抑或无关的词语——

王朝

早晨

本喻

地图

路

还有你。

2013 年 7 月

寻 人

我要找寻的人应该什么模样——
会掀翻初春的石头
会与山川森林对话的
还有，会种植梦中的冬麦
抑或化作窗户的眉毛
——也该是我要找寻的人

健忘窗户的氤氲
能在词语边休憩的
娶时间为妻的
诵读生活梵文的
著作涅槃的
抑或懂得如意诈尸脾性的
——也该是我要找寻的人

只是，我要找寻的人
感觉越找越少。

2013 年 7 月

夜

夜的裙子
时间的轮廓
隐喻的主题
道与心的舞场
为窗棂上漆者
光明的荒土
幻想的花朵
思绪的奴隶
……

2013 年 7 月

他乡

想起韵律浸润沟渠的雪水
灼热的雾气从汗珠升腾
从医院窗户皲裂的路的碎片
每一个早晨，不曾间断地
指看蜂窝般踊跃的人们
但，这座城市似是早已瞑目。

2013 年 8 月

在瞳仁正中

无论看往哪里
词语的尸骨白茫茫
眼前生长的强盗
把心中的狗崽带向远方
怎能说他对与错

在梦中，在万丈深渊
模糊的黑点在摇曳
那是盲人培育的白莲
想把言语看破它，想把肉眼听穿它
但是未能如愿以偿
那么
让我接近眼珠正中吧
让我透视那色蕴尚未裹住的东西吧
让我追随佛陀吧！

2013年10月

欲 念

被欲念风生的花朵
自喉咙深谷采撷
引荐舞文弄墨的际会
今生，我沉湎于虚幻缥缈的境界

2013 年 7 月

无 题

您为我筑巢，您赐予我食物
您为我唱歌，还讲故事
有时候，掀开灵魂的幕帘看我
但我容易忘记这些

一条水渠挖了又挖，未挖到我的田埂前
禾苗历经了遥远的酷暑。

2012 年 9 月

寄语：2000年

忆：2000年

谁都会这样讲：
“那条路走多了
很难再经过这条道。”
但是，在这世界
执意站立在一个破败的地平者
已经很少很少
因此，要走一条自立的路
要习惯从未习惯的一切
然后，火烧一切踏上岐路的梦境

雪：2000年

曾经，雪与我们
无数次跌倒在时间的脊梁
今年初春的瑞雪
有别于以往时候
一种落姿竟让我身心舒缓

兄弟姐妹们
若能缩短自我认知的距离
可在一次呼吸瞬间变换自己的感触
阿妈，在日月欢乐的场所
以另一种雪落的姿态
多么美丽……

路：2000 年

若要留下一段距离
路就应该呈现多种姿态
原来需要懂得——
从未立起的构思
早已超越远路本身

回眸：2000 年

不曾遗留在旧年的冬季牧场的是信念
又从旧年的冬季牧场带回的是经验
在目及的褶皱处
几许凶煞的神话和梦境
与灰烬的尘埃一起飞扬
阿妈，请不要畏缩，请不要急切
紧握住每一次新的事业的机会
如今，这个家园快要充满生机

宣誓：2000

长久深埋在心底的2000年
长久日盼夜思的2000年
这一年，这一年
是农民觊觎秋收的双眸
是鱼儿嬉戏清水的欢乐
是花朵沐浴甘露的青春
阿妈，换新脱旧的这一年
请鼓足勇气深吸一口
在您的周遭
众多儿女早已整装待发。

2000年6月

心之环

日光金线不曾缝补生死的褴褛
月光银线不曾束缚离别的距离
可洁白雪山哽咽着卸去宝冠的今天
可碧绿湖水惆怅着吞没波涛的今天
今天，在雪域大地
隐去世间一切花朵的名称
与你共生悲心
啊！我的玉树

日光金线不曾缝补生死的褴褛
月光银线不曾束缚离别的距离
可心若磐石拧紧铁链的今天
可心骨坚硬砥砺锤子的今天
今天，在雪域大地
同胞们所有的回响集聚于此
化作你坚强的兄弟
啊！我的玉树

我的玉树

看不见的这条心环，环如月亮
请不要气馁
永不变异的这个心力，坚如钢铁
因缘相聚的坛城将会圆满
唵嘛呢叭咪吽！

2010 年 4 月

惊醒

疏于标点的那段句子
依然，像嫩柳编造的小桥在飘摇
今夜，拉萨似是患了肺病的孩童
在我的词语间无数次惊醒
呜呼！若以为窗棂像人生上坡途中的猫眼
若以为窗帘像人生下坡路上的遮布
那么现在
天已发白
发白又将入黑。

2014 年 3 月

第四辑

念住

拉萨本注的文献在何处
窘迫时的话语像麻药
金书的孩子已浪迹
我们，能否走出那条沟壑。

神 话

因为事物的特性，如今
在遥远的草坪，听说像古树一样屹立的是您
一动物至此，把困苦挠痒于您
一盗贼至此，把危险藏匿于您
一向导至此，把酷暑挂落于您
就这样，您初次受生为主人的明镜

那动物逃逸
那盗贼顿失（遁失）
那向导远去
且带走了所谓远方的一切

我以“很早很早”点缀您左右
以相同的心念取名您为神话
这一生，我痛苦不堪。

2010 年 10 月

另一个自己

在朗玛堆协声中建造一处简陋的房屋
旧时的所有记忆跳跃在音律的枝梢
冰冷的些许修辞烘干在音乐的律动处
声线唯美的辞藻，送给耳聪的歌伴

一掬尘埃守护着故乡的湿润
春天就要来临
躯体与灵魂二者
分娩了一粒种子
藏匿在无明的彼岸
越过五蕴的荒地
魔幻的心绪
是一条花绿的风筝
使你的天空有了银河。

2013 年 12 月

辞藻

每一个人，我想象诞生为每一个辞藻的开拓者
因此，我在河床中央感恩一个辞藻
石头晃晃，河水涓涓
像不存在的那个辞藻便成为存在

我在九重云霄与一个辞藻达成誓约
大地伤叹，天空呜咽
像细长丝线的那个辞藻便翩跹

我在自己的心底为一个辞藻佐证
半个浑浊，半个清透
像神鬼附体的那个辞藻便中立

在辞藻深处智慧耀眼
有些辞藻在尘世洞穴坐禅
有些辞藻自缢在心灵的早晨
我们一出生，便成为死亡寓言的使者
现在，该为自己树立书信往来的规矩
比如："善心法宝美言友人养"的那若

开启心智天地者的名称那若
辞藻那若，那若辞藻
愿所有吉祥！如此等等。

2013 年 4 月

在错字与正字间

在错字与正字间
我烧旺火炉
蒸熟土豆
抚养婴儿
诵读新闻

虽然，心情糟糕透顶
我却忙碌在转经路上
搓揉失去的记忆。

2011 年 6 月

等待德角桑波

气吁吁的一种声音越发嘹亮
啊！德角桑波快要驾到
现在，我该在何处迎候
在沟头或谷尾
在山岚或山脚
在真实或虚假
在梦中或镜中
在辞藻或喻词
在因明或分别
在神话或科学
在文法或词典
在死亡或出生
在断崖或沙滩
在风口或悬崖
在茎秆或枝梢
在细针或丝线
在味觉或触感
在火焰或清水
在白昼或黑夜

该在何处，又在何地

真该在何方

……

2013 年 5 月

范 本

在故乡，长久凝望落自屋檐水槽的天雨
时间的大船驶向童心的岸畔
虽然，躯体的琴身附以心灵的琴弦
但未能成就一曲悦耳的乐供

像一位嘛呢上师
用真心实意讲故事的姿态
我托举心灵为佐证，讲述您可爱的一切
“新年老人，鬼
忌日，同年伙伴
黑心钱财，前生今世
恩父，老天爷
千金难买好邻居
吃焦黑馍馍能捡到钱
五八年的事，怨得了政策却怨不得村人
只要人健康其他什么都不紧要。”
应用这些话语
生生世世，您可以制作电影
您可以围砌城墙

你可以著作涅槃
小时候，诸如此类的很多范本
深深扎根于我的骨髓，满满渗透在我的血液
因此这一生，我是岩山怀中的磐石

如今，时间啃噬母本又将吞没范本
所以，把我抚育长大的这些范本
花朵虽小，却权作供品一样
献给路人供您心灵的边饰。

2013 年 3 月

最后的剧目

不久之后，一位老者将会从拉萨出发
在半途中，他将会幻化成一位魔术师
熹微的阳光将会成为青稞酒的佐料
比路途远长的诵经将会弹奏路途的琴弦
在山水林木间将会收听党的十八大
怀中的日历将会显示新的日期

再往前，将会遇见德角桑波
它们将会忧伤地碰头
如意诈尸将会讲述
路途的风景与路途的相同
再后来，所有的显现将会敛迹无踪

就这样，无声无息过了一段时间
所有的观众开始一片哗然
看哪！他正在回拉萨的途中
为了不伤害他人的衰老法则
那位老者驾驭着路程正在归来
再往后，我完全醒来。

2013 年 2 月

不了义

看见木杈在爬梳草堆
忆起牦牛角梳理风尘。

2013 年 5 月

一棵干草的释难

在您近处的那堆狗屎
擦亮了我双眸的镜片
从前斑斓的叶片与枝丫
让人爱恋的花朵与蜜汁
所有这一切，看作了指南书的一篇篇章节
在别处舔舐花蕊的蜜蜂
看见从那指南书飞向远方

“原来是夏吾你呀！脸上长满胡子，都认不出来”
“嘿嘿！好久不见，今天阿佳很时髦”
我正在去往办公室的半途中
与路边仅有的一根草木结伴同行
像公交路牌一样的一根干草
虽然，比量的颜色完全放任了它
但是，人流的方向被风奏响的
依然是那根唯一的干草

看了又看
那根干草又不像那根干草。

2013 年 11 月

新幻觉

本该，收买所有美丽的词汇与洁净的话语
本该，惊叹于四季更替的次序
本该，在心灵的顶峰掘一处坟茔
本该，从你的部分把我褫夺
本该，以窟窿缝补窟窿
本该，逃逸，像回归一样逃逸。

2013年9月

石说

石头在墙脚，是一片地的靴底
石头在河滩，是一潭水的耳朵
石头在灶边，是一团火的坐垫
石头在山岚，是一眼风的鼓槌
石头从悬崖滚落，是那柄天际的发梳。

2011 年 12 月

念 住

那只蚂蚁在光天化日之下迷失了伙伴
一头苍蝇在我的酣然中遇见了枯萎的树木
草尖的露珠像时间的脸面
白色奶水洋溢黄色酥油
我说母亲苍老她却喜盈盈
美丽是链接无明阴阳的物品
听不见的声音总是那么悦耳
从唐卡悟出了奇特的言语
转经的人们该往何处刻名字
拉萨河再三地洗濯渔夫的身影
侍酒阿姨的黑夜比任何人都长
书本间藏匿了您最为丧胆的那件武器
偶尔看望仓央嘉措的窗棂
八廓街是一部绝版的书籍
一义多词是何等殊胜
统治一部相同词还需多少年华
黑夜的枝丫从路灯的亮光中显露
德巴雄与噶厦政府不该那么怨声载道
在天葬台没有劝不住的哭丧人

谁还会相信在拉伊中看见王臣
为什么此等容易忘却自缢在茶水杯的一只小虫
钥匙开启房门的须臾间比量的因明如此闲适
旱獭的冬季是寂静的仪式
我的家谱与别人没有两样
月亮圆满时满眼泪光闪闪
您的新戒指无法表达任何新意
欲书写金史的愿望很迫切
想赶回老家忙秋收
剥离洋葱皮时请看往远方
缘何心不能从内演到外
人们不敢登上房顶呜咽
“在河水的彼岸”
石碑逼仄了天空
雪山改移不会找见水晶珠子
言语的智慧不能洗漱一抹晚霞
禾苗向我开了口
供灯供灯供灯
在拉萨耳环遗失处留有神秘的脚印
望见白青稞用舌头舔舐天空
水井与天空是邻居
怎能隐瞒您曾欺诳了某些词语
在湖面燃烧的那团火多么旺盛
从未垂涎过一头猪的寿命
时间的线条不是天绳
深陷在水泥深谷的人不会仰望天空

舞台上的那些演员都凝视一个方向
布宫的导风留给我温暖的屋檐
去了卓木仁青岗的那个人还未回来
窗户的面积等同于天堂的面积
种植在寺庙和村庄间的那朵花开始生长
那个人渴死在转湖路上
善于利好祈愿的是我的冷暖伙伴
在氆氇的经纬间渗入了一句话
不曾见到在唐卡上绘就一块土豆
有多少人用死亡的目光专注于您
从神话中将要寻到的是您渴望得到的
雍仲的图案有奇特的动态
佛门开启时山脉流尽了山系的泪水
想把那位士兵带进大房屋
拉萨本注的文献在何处
窘迫时的话语像麻药
金书的孩子已浪迹
我们，能否走出那条沟壑。

2012 年 12 月

倾听一棵草木的声部

在缩短词语与一棵草木间的距离时
我如此思索

一棵草木的声部结果了硬皮
一棵草木的声部托举了利锥
一只无眼蚂蚁以此作为脚蹬
日月的层次便失散无序

一棵草木的声部
阻断了声誉、庄严、辞藻

可与禅定融为一体的静谧
完全成熟在一棵草木的声部。

2012年6月

史诗

在一座小屋里面
在一只旧炉边缘
在几处熟稔的声义中间
人们依靠了时间
时间依靠了苦难
苦难依靠了幸福
幸福依靠了现空
现空又将依靠某种物件时
轮回来到，再次敲响了大门
所有的，被分别心剧烈摇晃
各自匍匐找寻时空
寻到时空又失去
失去时空又寻到
就这样，拖延时日
史诗的结局，依然没能收尾。

2011 年 12 月

喻 词

——致第四届藏族第三代诗人研讨会

在《诗论》很多喻词如麦粒撒落一地
那是我们的收获，但无法满足

为了一个准确无误的喻词
我曾把大昭寺、布达拉宫
喻为袍子上朦胧的图案
有时候，我在祈盼
德角桑波背负的
不是如意诈尸
而是一个喻词

看见水底的石头，时时刻刻
与河流誓约且又失约
一个喻词的声部
在话语的园地，不见踪影

在读书时不曾想过——
从比喻修辞到形象修辞
是几十页码的距离

是谁扫了比喻修辞的兴
那定是形象修辞
因此，它们的距离
感觉像是诗歌与科学的距离

在小便时身体有所颤抖的因子
用思路辨析且定了夺
除此之外
还有无持禁行的喻词的智慧

加布青使用的很多喻词“像”
是接近真理的魔幻的精义
献给卖身女桑吉卓玛的
是一部美丽的喻词
在这间屋子寻得的任何事物
也是一部具乐的喻词

在寻见正确的喻词时
我们抛弃小桥跃过又何妨
——小河你虽被执着牵引流淌
——小桥你虽被理论搀扶定立。

2010 年 7 月

谜 语

被琴弦缝补的音乐的皲裂
使我想起路途的一个早晨
在尘埃飘摇的任何垭口
看见一块圆小的补丁常常以温暖升空
曾几何
我隐藏在儿子的目光
看望人们或一切对镜或任何无明
我的宝贝，皱纹落在了
你的思想、推理、眼屎、头发
因此，在时间的子宫
可以孕育一条随欲人生
你猜到谜底了吗？

2014 年 3 月

我的邻居

在拉萨暮色中，支起了一座简陋的居所
四楼的这间居所
只有你存在的部分
在进入或在出门的瞬间
一阵腐烂的微风把轻盈至极的你
带到了漫无边际的远方

但是，我以乌龟的步履
正在回归那间小屋
路途中看见了
词语的蛇皮
草木的碎片
韵文的窘迫
还有泪水的变异
因此，我口诵明镜啊明镜
如是用洁净的言语擦亮了它们

像灯烛传手的我
总有到达自己的墙根时

窗棂的遥远铺为毡
陈旧的木柜掏成空
等待，我的邻居。

2014 年 5 月

蚂蚁与死水

一阵微风吹过
那只蚂蚁便搭乘水波的帆船
路途的线绳如此哆嗦松动
把物品与知识的戏装
搅弄得湿润润

黄昏的光芒，被高峻的西山削平
显得比各自的细腰还细嫩

寒冷的补丁是水分
水分冷缩缩
路途的头顶是牛角
牛角颤巍巍

破碗一样的死水中什么都显现
显现了一个无底洞。

2014 年 6 月

我是一座无底洞

我是一座无底洞
在洞口佛陀正瞑目静坐
我为欲言的风塞进了几个词语
努力把书信敬献
我是一座无底洞
把食物与眼镜
柜子与词典当作脚垫
一颗洁白的种子托举在头顶
却为了少之又少的种子哀伤
我是一座无底洞
我淬炼不知当初为一座无底洞的所有时光
锻造一节铁梯
但欠火候，阻力重重
我是一座无底洞
无明与无常互为邻居的
混乱争战的
那座无底洞
我是一座无底洞
有时候

魔幻的绳子把我拉上洞口
但在云雾缭绕中
分不清洞底与洞口的区别
我是一座无底洞
在无底洞中
如意诈尸是我
德角桑波也是我
我是一座无底洞
这座无底洞，连死亡都无法填满
为了觐见佛陀的殊胜容光一回
我应该怜惜这座无底洞。

2014 年 6 月

因

——致一次无聊的会议

你的噪声是一件信封
从远方捎来了殊胜妙音。

2014 年 7 月

白色影子

黑色影子生产了白色影子
以殊胜的迹象分娩
如同马路上的白线
能为司机投射绳子
白色影子
也能驾驭你
黑色影子以幻化蜷缩在内核
心间如蝇蛹的
白色影子以幻术产生
渐渐地，镜子之外的很多演员
引诱了石房，又蛊惑了经典
但人们依旧手捧哈达
排起了长队

想起曾经母子般同行的黑色影子
想起与禾苗无关的挖掘水渠的往事
黑夜穿上了白色影子独自行走
因此，我站在屋顶
极其饥渴地向周遭的川谷望去

无论何地

向白色影子奉献着自身的贡品。

2014年6月

誓 约

机密从眼光泄露，焚烧了纸质的地图
梳理气息发髻的时间
时时刻刻，渗透在雪山的串珠
等待你倾听你。

2014 年 7 月

气吁吁

——致亡友强巴曲扎

那天下午，为了气吁吁的宝瓶
插上两棵气吁吁的花朵
你已乘坐躯体的帆船远航
像佛陀一样的宝藏
献给岸畔走去

那天下午，我是你的邻居
我把心情缠绕不争金刚岩
我把脚底贴附灼热的石头
像一种此在的姿态打发时光
你拉紧泡沫窗帘远行
我将如何开启河水中央的那扇窗

气吁吁别离
气吁吁留下
望见拉萨河的每一处
我有掘不完的矿藏
一座气吁吁的矿藏。

2014 年 8 月

当 代

腿脚与沙砾
分娩了海市

喂！这心是谁的
喂！是属于起立匍匐的那骨尸体

盐水的针眼
饥渴的绳线

明天
看望拥抱天空的那根羽毛。

2014 年 10 月

在当下

被目光破碎无数次的玻璃换了新
玻璃中的浑噩已糜烂
但却依旧在展示

听说自在的花朵
在佛陀诞生前就很鲜艳
但是
人们剪裁了被花朵遮蔽的天空
拿作镶嵌宝瓶的饰物

在当下
抛去一颗死亡的磐石
不知能否扎根在泥泞中。

2014 年 10 月

久未谋面

孤独时
虽见过两块石头肩并肩
但触感的债务层层垒砌
近期凝望镜子的背面
实施失明的仪轨
翻越词典的铁网
卸去言语的箭头
看见人们从尸骨中穿行
听见从身影酿造酪曲
还有，心中犁铧复又擦拭
但我没有生产我
我没有遇见我。

2014 年 10 月

为了故土

——为夏雄央巴出版《故乡速记》

灵魂的纯净为遮雨伞的
遥远的灼热为糌粑汤的
在泥潭与沼泽不支起经幡的
在门前与庭院不撒播时间的
你呀！是时候在词语的足前
休一次假劣的养
那也是为了故土。

2014年5月

讲经院的夜晚

电杆的影子是鞋带，鞋带破烂
几位醉汉倾听石墙的故事
从黑漆窗户中
显露另一扇窗户
死结的石板
像一个井盖。

2014 年 11 月

容易了！我的诗

容易了！
如若路途鞋带破断
如若触感生长刺痛
如若错钩足见锋利
如若监狱窟窿填补
如若因明仪轨完毕
如若词语旱灾发生
如若沙尘日历垒砌
如若回声火光闪烁
如若声乐水井干涸
如若死亡羽毛飘散
容易了！我的诗
……

2014年11月

洁白构思

今天，想给熟稔的家园画一幅地图
一幅小小手掌般的地图
虽然没有起步的余地
但一块放置秘密敬语的空间就足矣

首先，画一棵老树
虽然鸟巢与阴凉被微风吹走
但画一副羽毛飘落树根的模样就足矣

再次，画一根麦穗
虽然帐篷与田园起了褶皱
但画一根不失糌粑香味的秸秆就足矣

最后，画一条江水
虽然皮筏与津渡被洪魔带走
但画一条反流悦游的小鱼就足矣

还有，给山脉画一座顶峰

每当山头低矮时

且当作向神灵供奉甘露的唯一地方。

2017 年 11 月

译跋

“诗就是在翻译中丢失的东西。”美国诗人弗罗斯特的这句话道出了诗歌翻译的困难之处。但即便如此，仍有许许多多的诗人、翻译家以极大的热情和毅力投入到诗歌翻译的实践之中，为读者提供了一首首精彩的译作。同样，诗就是在翻译中所要找寻的东西，我且固执地这样认为。翻译藏族青年诗人那若的《残垣》，正是在丢失与找寻的“二元悖论”中走过每一个夜晚。并非译者的主观感受如此，那若的诗歌归根结底就是一种丢失与找寻的精神苦旅。在丢失中找寻，在找寻中丢失，如此往返。诗人从“世间形成歌谣的旋律”开始，在拉萨每一条街头巷尾、每一处犄角旮旯，始终如一等待着“来世般”的遥远的“拉萨耳环”再次现世。是的，拉萨耳环，只有妙音仙女才佩戴的拉萨耳环，如今在钢筋水泥铸就的城市喧嚣中早已销声匿迹，了无影踪。但诗人不相信眼前所显现的景象，更不相信自我所意识的现象，以一种苦行僧式的心力，甚或以自欺欺人的方式依然彳亍前行，在前行中独自吟唱关于拉萨耳环的歌谣，这歌谣源自遥远的天界，流在纷扰的尘世，凝于诗人的笔端，形成了张贴在拉萨夜晚的各种“布告”。这是《残垣》给我的初步印象。

《残垣》入“21世纪藏族作家书系”第六辑，于2014年由青海民族出版社出版，是那若的第一部诗歌集。《残垣》收录了作者自2000年以来创作的86首诗歌，多半在《章恰尔》《岗尖梅朵》等藏区著名文学刊物发表，其中格律体10首。在翻译过程中，除了一首格律体之外，其余均未翻译，而以近期创作的几首自由体新诗代之。本人为那若诗集《残垣》藏文版的责任编辑，私下有同乡之念、好友之情，翻译之责义不容辞。而本人也在翻译过程中用尽浑身解数，细致谨慎，数易其稿，力求译诗“信、达、雅”。愿望虽如此美好，但对于诗歌翻译来说，达成则非易事，尤其像我这样汉语作为第二语言的翻译新手来说，其难度不言自明。更何况那若的诗歌中引用了很多佛学术语、经典语句，甚至涉及《四部医典》等藏族医学著作。以上种种，无形中给翻译工作带来了诸多困难与障碍，冥冥之中印证了弗罗斯特的那句话。不管怎样，我尽量用自己的真心弥补那些“翻译中丢失的东西”，又尽量用自己的实意挽回“翻译中找寻的东西”。

在具体实践中，本人处处注意翻译的准确性与艺术性的平衡，同时，在两者之间取舍选择中，更加注重表达的准确性，因而有意放任了很多“藏化”句法、文法的出现。我在想：这不仅对“变相体会”《残垣》中隐藏着的深厚的民族文化、独特的生命体验、优雅的语言文字有所帮助，而且将逼出汉语诗歌写作的新火花。

毋庸讳言，在我们这一代介于“70后”和“80后”之间的“无代人”中间，那若的诗歌创作一开始就显得与众不同。早在上大学期间，他的诗歌创作带有与年龄不相称的成熟稳重、大方大气的特质。后来，大学硕士毕业，他去往西藏大学任教，我当时就草率地认定他会向着学者、教授的路子发展而不再坚守诗歌阵地，藏族文坛从此将会失去一位可塑性极强的诗人。后来的实践证明我的判断完全错误。在拉萨生活、工作几年后，他以一个新的笔名（那若）依稀出现在《章恰尔》《岗尖梅朵》等期刊上。一种熟悉且陌生的感觉自内心油然而生，熟悉的是他的音容笑貌依旧如故，陌生的是他的诗风却来了个一百八十度的转变。其中缘由无从知晓，也不想探个究竟，但我可以肯定的是：如此地理跟文化意义上的接近藏族中心地带，对我们西藏之外的藏族学子们有极大的身心触动，而这种看不见、摸不着、道不明的触动，俨然使他的诗风渐趋含蓄且饱满、内敛且奔放，犹如含苞待放的花朵，恰似闺中待嫁的少女。

纵观那若2000年以来创作的诗歌，有以下几个特点值得读者品味：意象之独创性，情感之向善性，语言之精辟性，在当下青年诗歌写作者中，可谓独树一帜，少有望其项背者。比如说他的诗歌意象：以时间等抽象的事物在诗歌中的形象化处理，以耳环等具象的事物在诗歌中的朦胧化应用，都达到得心应手、炉火纯青的地步，其阅读效果与欣赏价值都具有很高的艺术水准，这些由诗人匠心营造、烙有非常私人化特质的意象，不同于以往藏族诗歌中固定生成的如太阳、莲花等传统意象，为那若诗歌意境之幽远空灵起到不可小觑的作用，个中奥妙只能意会而不能言传。比如说他的诗歌情感——无论是对一个不起眼的老旧虫穴，还是对一个风尘仆仆的陌路人，他心生精益，笔起敬畏。如果诗人不具有强烈的向善发心，这些字句将会显得矫揉造作、苍白无力，正如诗人自己所言："在西藏，本人试图将编制虚构和想象，沿袭并传承这生长于大爱之上的叙事传统。"还有，那若的诗歌语言是千锤百炼后的结晶，是磨砻淬励后的正果，短小且不失精悍，简洁又不乏诗意。另外，作为当下性的诗歌经验，他却反其道而行，大量引用佛学术语、经典语句，且如此应用之巧妙，让人拍手称快，赞不绝口，使诗歌在阅读中有了返璞归真、古色古香的外在美感和内在享受。

像《念住》这样包括标题在内带有浓厚佛教意蕴的诗歌，看似冗长拖沓，前后毫无关联，置读者于阅读障碍与陌生化的双重境地。但仔细咀嚼、品味，读者不难会发现诗人颇具匠心的用意和大胆前卫的手法。全篇由63个单句以并列的形式组成，每一个单句独自成一个章节，而每一个章节，又有其不失整体感的立意和想象空间。最后一行单句，是整首诗的诗眼，有了这个诗眼，再读前面62行单句，你会有一种答疑解惑、豁然开朗的感觉，这种反向环扣或障眼的手法，其结构之巧、寓意之妙，实在百看不厌，余味深长。作为后记，限于篇幅，在此不再一一赘述。希望以上提点能起到观其全貌、窥其全豹的作用。

最后，感谢中国作家协会、青海省作家协会，是他们给予我这样一次难得的机会，使《残垣》汉译版得以付梓出版，与藏文读者以外的更多的诗歌爱好者进行文本意义上的“潜在”交流。感谢作家出版社编辑史佳丽、李亚梓女士，恩师蔡煌道杰先生，是他们的不吝指正与修改，为拙译增色，熠熠生辉。我相信，这将会使《残垣》汉译版无愧与原作者和广大读者见面。愿一切吉祥。

是为跋。

译者于古青塘城雪石斋

2017年11月28日

图书在版编目（CIP）数据

残垣 / 切蒋译. -- 北京：作家出版社，2018. 3
（中国少数民族文学发展工程 · 民译汉专项）
ISBN 978-7-5063-9976-0

Ⅰ. ①残… Ⅱ. ①切… Ⅲ. ①诗集 - 中国 - 当代 Ⅳ. ① I227

中国版本图书馆 CIP 数据核字（2018）第 057635 号

残 垣

作　　者：那 若
译　　者：切 蒋
责任编辑：史佳丽　李亚梓
装帧设计：孙惟静
出版发行：作家出版社
社　　址：北京农展馆南里 10 号　　　邮　　编：100125
电话传真：86-10-65930756（出版发行部）
86-10-65004079（总编室）
86-10-65015116（邮购部）
E-mail:zuojia@zuojia.net.cn
http://www.haozuojia.com（作家在线）
印　　刷：北京玺诚印务有限公司
成品尺寸：170 × 240
字　　数：120 千
印　　张：11
版　　次：2018 年 7 月第 1 版
印　　次：2018 年 7 月第 1 次印刷
ISBN 978-7-5063-9976-0
定　　价：35.00 元